KB268549

아버지를 업고

채길우

아버지를 업고

007

난다시편

ㄴㄴ>‹ㄷㄴ

시인의 말

채길우

망자는 말이 없다.
비로소 그가 여기
있기 때문이다.

사랑을 나눌 때나
신생아를 처음 받아안는 순간
그리고 무덤 앞에서 적막한

울음 이외의 다른 말이
더이상 필요치 않은 것은
서로가 살을 맞댄 이곳에

깊숙하고 가득히 눈을 감아도
잘 보이는 이토록 가까운 곁으로
이미 함께 와 있기 때문이다.

2026년 2월

채길우

차례

3부 봄

0부

평범

잘라 쓰고 남은 대파
뿌리를 물에 담가두자
파는 계속해서 어린
줄기를 밀어올렸다.

파란 새순이 갈라져
자라날 때마다 끊어 먹고
실뿌리가 흐드러지면
물도 갈아주었다.

몇 날 몇 주 몇십 년이 지나
나직한 푸르름이 희미해진
야위고 꺾인 몸에
아래가 썩어가기 시작할 무렵

파는 꽃대를 세우고
투명한 꽃망울을 맺은 다음
꽃피우지 않은 채
그리고 죽었다.

1부
가을

형광등을 갈 때

낡고 오래되면서 편안해지는 것들
흰 칫솔 같은 거
품이 늘어난 뜨개옷 같은 거
부드럽고 순해진
은근한 것들을 버려야 할 때

조금 흐릿하다 싶더니
깜박임도 없이 나가버린
전등 같은 것을

운전면허 갱신을 위해
새로 찍은 증명사진 속
늙은 아버지와 옛날 면허증의
그보다 더 젊은 아버지를

교체해야 할 때
나는 흔들렸는가
어지러웠나

당신이 할 수 있다며
의자를 디디려는 아버지를
뿌리치고 내가 올라설 때

사진기 섬광처럼
한 번 두 번 점멸하는 빛에
눈이 부셔 어수룩한 초상이 되었다가
이윽고 서두름 없이 환해진 허공이
사로잡힌 시간으로 바뀌는 동안

차마 자리를 비키지 못한 아버지가
옆에서 의자를 짚어주고 있을 때

고백

근린공원 산책로 둘레
왕벚나무 아래를
너와 함께 걷다가
떨어진 단풍들 스치며
제일 예쁜 딱 하나만 줍기로 해

고개 숙여 고민 많은 느린 걸음으로
서너 발자국도 못 가서 너는 이내
두 손 가득 낙엽 쥐고 울긋불긋
슬픈 표정 지어 서 있다. 하나를,
단지 그 하나만을 고르지 못하여

이 좁은 땅으로도 구별할 수 없는
서로 다른 빛깔들이 지천이어서

이 전부가 오직 너의 것이라 하여도
이 모든 게 다 너의 것이 아니라 하여도

나만 사랑해달라고조차 말하지

못하는 바스러진 잎사귀들 지르밟은 채

이 세상 가질 수 없는
아름다움마저 한껏이어서

직립

1
아버지는
네발자전거의
보조 바퀴를
직접 떼어주셨다.

손 놓으면 안 돼
겁먹은 내가 뒤를 건너보자
짐받이를 붙잡은 채
바큇살처럼 웃으시던

뭉클한 아버지의 무릎 같은
페달을 밟으면
서서히 움직이던 바퀴의 표정이
흐려져가는 속도로
아버지의 거친 호흡과
뒤처진 발소리를 지울 때까지

나는 넘어질까 두려워

뒤돌아보지 않았지만
손을 놓으면 안 돼
손을 놓으면 안 돼
아무 대답이 없어
자전거를 멈추었을 땐
이미 혼자서도
너무 멀리 와 있었다.

2
아버지는 네 발로 기는 아이의
두 손을 맞잡아 일으켜세운다.
그리고 조금 떨어진 앞선 곳에서
천천히 손을 놓아본다.

양팔을 벌리고 키를 낮춰
기다리는 아버지를 향하여
아이가 비틀거리며 두어 걸음 걷다가
쓰러지는 자전거처럼 까르르
아버지의 품에 안길 때
함께 터뜨리는 둥근 웃음이
곧 사라져버릴 듯 부풀어오른
불안을 닮아 어린 시절 떼어버린

보조 바퀴를 떠올리게 한다.

기울어질수록 자꾸만 달리게 만드는
핏줄에 휘감겨 도는 체인으로 서로를 묶으며
아이는 말을 배울 것이고
아버지는 찌그러진 소쿠리만큼
벌써 등이 휘었다.

쇠줄이 닿았던 자리마다
새까만 기름때가 남으리라

눕혀진 채 녹슨 철골과
삐쩍 마른 아버지의 테두리에서
끊임없이 헛돌아
뒤로는 굴러가지 않던 바퀴들
그리고 그 아래로부터 길어지면서도
결코 짓이겨지지 않던 그림자

아버지는 목 뽑힌 안장 같은 몸의
겨드랑이를 브레이크처럼 붙잡고
눈이 부시도록 하늘 높이
아이를 들어올린다.

빈 밭

시월인데도 잦은 태풍으로
뒤집혀 빗물 고인 항아리 뚜껑 안에
어느 개구리가 슬어놓은 종자인지
서로 뭉쳐 가라앉은 앙금처럼
몇 마리 올챙이들이 부화해 있다

어느새 맑은 하늘 들어찬
비좁은 수면으로도 파랑과 구름이 스며
너무 늦은 계절에서조차 새하얗게 질린 채
벌벌 떨 듯 서둘러 꼬리치고 있는
협소하고 희박한 눌변들의 가능성

보조 바퀴

아버지가 수술실에 들어간 후
한참이 지나 주치의가 나와
장갑 낀 피에 젖은 손을 펼쳐
부풀어오른 적출물을 보여주었다.

노골적이고 원초적이고 흐물거리며
꿈틀대는 은밀한 역겨움이 치밀어오르고
한 번도 본 적 없는데 완벽히 현실적이어서
이 세상 것이 아닌 듯한 뒤틀린 아름다움

수술은 잘되었다고 했다.
이것 없이도 살 수 있다고, 하지만
우리는 사실 아무것도 이해하지 못했고
아버지는 결국 와르르 무너져내렸다.

독신

혼자 떠난 빈 산행중
인적 드문 수풀 속에서 잠시
길을 잃었다가 되돌아온 곳으로부터
까맣게 익은 도꼬마리를
무릎 아래 한가득 붙여왔다.

해는 저물어 산밑 포장도로까지
다 내려와서야 기척을 눈치채고는
정류장 의자에 앉아 껍질 마른
따가운 열매들을 떼어내면서
차마 딱딱한 아스팔트 위로는
던져버릴 수 없이 손바닥에
말아쥔 채로 버스에 올랐다.

차 안에서도 거리에서도
집에 돌아와 비로소 잠이
들 때까지도 미처 그 작은
가시들을 품은 주먹을
놓아주지 못하고 있었다.

독

기일에 타는
푸른 향에선
녹슨 들깻잎 냄새

일직선으로 길게 삭아들어가다
곧고 야윈 목이 메말라 바닥에
내려앉으며 흩어지는 한순간

텃밭에 쪼그린 아버지가
투박하고 늙은 손으로
깻잎자루를 뜯을 때

손톱을 새까맣게 물들이던
연기와 어둠 초저녁
풀벌레 소리 무표정

노을

흔들릴 때마다
수평 맞지 않는
자개 장롱 발아래
목편 하나 끼우듯
저물어 떨어지면서
어깨 한켠 짚어주는
늙고 시든 꽃잎들의
적막한 가벼움을
눈부셔하게 되는 일

2부
겨울

결혼은 언제 하니

아버지와 차를 몰아 갯내 나는 선창가에서
회와 함께 소주를 든다.
나는 운전해야 하니까 입술만 갖다대지만
아버지는 옅어진 머리숱처럼 주량이 줄어
소박한 반주에도 쉽게 취하신다.

쇠락한 부두의 어두워지는 풍경을 쳐다보며
잡은 어물들을 부린 뒤 그물을 털거나 고치는
멀고 새까만 저 사내들의 삶을 살아내진 못했지만
아버지는 여전히 내가 더 좋아질 거라고
앞으로 더 나아질 거라고 믿으신다.

나는 늙었고 바라는 게 없다, 고 말씀하신다.
남자는 돈만 벌어오면 되는 줄 알았어
하지만 내 쌈 속에 회 두어 점을 얹어주시며
술 몇 잔에 매무새가 흩어지는
아버지를 바라보는 것만으로도
노을처럼 밀려오는 비린 취기를 느낄 때
나는 종종 두려워진다.

아버지가 벗어나지 못할 나라는 환상 속에서
우리가 바라는 다음 생을 계속할 수 있을지

헤드라이트 불빛 아래 아직 태어나지 못한 것들의
환영이 지나가는 고속도로를 달릴 때
실내등을 켜면 조수석에서 잠드신 아버지 옆모습이
눈감은 채 앞유리에 떠올라 아이를 닮은
부드럽고 모로 기댄 미래를 예감하게 만든다.

이윽고 가랑눈 내리기 시작하는 아슬한 길을 따라
흐릿하게 불어오는 바람 같은 숨소리가 들리고
나는 열어두었던 창을 조금 더 닫기로 한다.
그리고 핸들을 꽉 잡아 잠에 빠지지도 않고서
눈을 부릅떠 아버지를 앞서는 먼 어둠을 응시하며
신중히 두 발을 조절하고 정신을 기울여
집으로 돌아가고 있다.

달뜬 이마를 짚다

바닥에 흩어진 낙엽을 밟으면
서로 이미 죽어 있는 것들이
자기가 조금 더 많이 죽어 있다고
주장하는 일의 완연함처럼

움켜쥔 겨울이 손안에 서린
살얼음을 깨뜨려 손금을
바꾸어주는 때의 차가움처럼

옴폭한 얼굴, 보조개에 꼭 맞는
손가락 끝으로 대신
망설이는 입술을 닫아주는
고요한 숨결의 바스락거림처럼

둥글고 따스한 돌멩이 하나를
다만 기필코 버리지 않겠노라고
다짐하던 시절의 거짓말처럼

그믐

더이상 스스로 몸을 굽혀 웅크리지도
손을 뻗어 무언가를 쥐지도 못하는
아버지를 위하여 생전 처음
타인의 발톱을 깎아보는 저녁

익숙지 않은 자세와 각도 때문에
살점 잡힌 발끝으로 묽은 피가 맺히는데도
누운 아버지는 움찔하거나 따갑다는
시늉조차 않고서 움직임 없이 반쯤 감긴 눈 새로

곡선을 따라 맑은 눈물 하나 흘러내릴 뿐
실패한 연필 스케치처럼 여러 번 덧대어
그었다가 지운 흔적같이 부옇게 달무리진 테두리로
퇴색한 채 꺼진 빛 조각들이 바닥에 흩어 번져 있고

생각에 잠긴 듯 몽글하게 부푸는 핏방울이
완전히 둥글어지기 전에 훔쳐 지우며
아버지 이마에 손을 얹으면 아릿한
겨울보다 시린 침묵과 성긴 어둠

허기

낙지비빔밥 맛집이라는 식당에서
낙지비빔밥을 먹었다.
장과 기름과 낙지와 갖은 채소를
넣고 비빈 밥의 맛이 났다.

다른 맛은 나지 않았다.
맛과 식감을 설명하기 위해
다른 비유는 하지 않아도 되었다.
낯설고 한갓진 저녁이 밀려와

씹자,
낙지비빔밥이 내
이름을 한 번 두 번
부르는 것 같았다.

꾸역꾸역 먹다가
절반도 못 먹고 음식을
가득 머금은 채
울음을 터뜨려

식탁 위로 흩어지는
뭉개진 밥알과 찢긴 낙지 조각들이
빛을 받아 번들거렸고
그마저도 눈이 부셔서

떠오르는 헐벗고 당연한
침묵 같은 것, 하지만
나는 불러보지 못하여
흐느끼기만 했다.

항암

빛바랜 아버지의 서걱거리는
수염을 전기면도기로 깎아준다.

이제 아버지는 일상의 단순하지만 개인적인
섬세한 작업을 직접 해내지 못한다.

벌벌 떨며 서성대는 면도기를 끄면
적막처럼 길을 잃은 병실 안에서

멸균된 아버지는 희박하게
웃자란 풍경이 되어 있다.

거울을 비추어 마음에 드는지 여쭈어도
창백한 거울만큼 아무 말이 없는

수확 마친 들판, 잘린 벼의 그루터기에서
다시 푸른 새순들이 빽빽이 돋아났지만

첫 서리가 내리자 허옇게 얼어 세어버린

드물고 협소한 얼굴로 아버지는 잠이 들고

진창에 눌러붙었던 살얼음들이
누렇게 녹아내려 혈관으로 드는 동안

얇은 눈꺼풀 아래 초점 틀린 눈동자는
출렁이며 열렸다가 다시 멀어 고요해진다.

미소

가면이란 여러 개의
민낯을 가진 행동의 이름
호명 아래 덮인 내부는
어차피 텅 비었고
진심은 꽁꽁 얼어버린
액체여서 표정이 풀리면
증발해 잦아들거나
그릇에 고여 있을 뿐
금간 밑바닥이 깨져
흘러간 이후엔 같은 얼굴에
젖을 수 없다.

저온 화상

병원 진료를 마치고 돌아와
차에서 집 앞까지 걸을 수 없는
아버지를 아파트 현관에서부터 업고
계단을 올라 이층 대문에 이르는
짧은 시간 동안 아버지는 이마를
내 심장 뒷면에 가만히 대고 있었다.

변태할 때가 되면 심박수를 늘리고
혈압을 높여 피를 모은 심장으로
등피를 깨뜨리고 바깥에 나오려는
매미 유충의 두근거림 같은 옴폭함

아버지는 너무 메마르고 무게가 없어
겨울 햇살처럼 맑고 차가웠다.
너무 오래 머물러 빛바랜 껍질만큼 투명하고
너무 오래 노력했지만 우화에 실패해
날개 꺾인 파리한 아버지가

그렇게 고요할 줄 알았더라면

아버지를 결코 내려놓지 않은 채
우리의 맞닿은 부분이 계속 함께
울릴 수 있도록 노래를 불러드렸으리라.

조그만 아이였던 시절의 내가
널찍한 보폭으로 걸어가는 나무 같은 아버지에게
바싹 매달린 따스한 잉걸이었을 때
발간 불길에 입김을 불어넣듯
아버지 몸에 이어진 귀를 타고 둥둥
메아리 번져와 빛과 온기로 스미던 노랫자국들의

그 가벼움이 아버지 떠난 후에도
여전히 거기에 남아 있다.
춥지 않도록 비좁은 아버지 등에
겨우내 붙여놓았던 부직포 손난로는
이미 식어 굳어 있고

흔들어보아도 뜨거워지지 않는
심장은 이제 뒤에만 남겨져
두근거릴 때마다 과거로 향하지만
더이상 내게는 뒷모습을 보아줄 눈이 없어
그 자리에 남은 흉터를 확인하지 못한 채

어떤 성충도 살아 있지 않은 한겨울
내 등은 나뭇등걸에 발톱 박고
끝없이 내리는 눈보라를 맞으며
무겁게 쌓이는 허공으로 상처 깊이
벌어진 이마 숙여 견디고 있는
각질 굳은 허물들만 가득한데도

돋아나지 못한 어깨를 웅크려 닫아
아무런 무거움 없이 연약한
가면들은 얼음으로 멈추어 다시는
울음을 터뜨리려 하지 않는다.

일기예보

사랑이란 자기가 가진
전부를 다 주어도 모자라
자신에게 없는 것마저
주려 하는 순간부터 시작된다.

건넬 것이 아무것도 없을 때조차
자꾸만 건너가는 어눌한 부력
성긴 지하철 빈 자리에 앉으면
막 떠난 구름의 낯설고 물렁한 질감

미열을 앓아 바닥에 널브러진
비에 젖어가는 재활용 쓰레기들과
겨울보다 오래된 잿가루를 담은
청동빛 투명한 유골함 속 음압

허전한 열기와 흐린 연기가
이유와 후회를 거슬러
저기압에서 고기압으로 생성하는
존재할 수 없는 풍향처럼

진공이 과밀에 대해 어긋난 속도로
삼투되는 불능에 관한 기대가
사랑의 권력일 수 있다면
그것이 시간을 되돌릴 수 있다면

하지만 지금은 거짓처럼
맑고 넓고 창백한 하늘
티끌 하나 없는 허방으로 비가 내리기를
망해처럼 삭은 찬비를 흩뿌려주기를

거울 앞 거울

수골실로 들어가자 커다랗고
맑은 통유리 너머로
은빛 화장로가 뿜어내는
후끈한 열기가 전해졌다.

아버지의 허연 유골
한줌이 수습되고 있었다.

가슴에 기댄 영정을
고쳐 들고 아버지에게 요약된
육신의 전부를 보여주었다.

아버지 안의 아버지가 계속해서
스스로를 반사해 소실점을 품으며
내부로 오그라드는 동안

목이 뜯긴 사마귀가
뭉개진 자신의 몸통 앞에서
고개를 갸웃거릴 때 빛나는

깊고 어지러운 겹눈처럼

아버지는 사진 속에서 초점 없이
희미한 잿빛으로 웃고만 있었다.

상여

긴 방황과 충분한 시행착오 끝에
홀로 도착한 간이 정류장으로 배웅 나온
그는 내게 잠시 앉기를 권했다.

그간의 노고를 치하하며
오랫동안 나를 주시해온 결과
먼저 도착한 다른 이들과 마찬가지로
내게도 그곳의 구성원이 될
참된 자격이 있음을 확인했다고

그곳은 평등하고 평화롭고
아무리 가득차도 모자람이 없으니
모두들 각자의 자리에서 기다리고 있으며
이미 나를 용서했기에 모쪼록
순간을 영원히 즐길 수 있기를

겸손하고 순전하고 한없이 진심어린 태도로
그가 말했다, 나의 두려움과 망설임조차
이해한다고, 지금껏 얼마나 함께하길

바랐는지, 그러니 나는 이 마지막
포상을 부디 사양할 수 없노라고

그가 나를 향해 미소 짓기 시작할 때
먼 곳에서부터 가물거리도록 느리게
나를 실어줄 들것이 들어오고 있었다.

영혼

아버지의 첫 기제사
어머니와 누나와 함께
서툴게 준비한 음식들을
순서에 맞게 상에 올리고
자정까지 기다려 지방문
쓰고 향과 초를 켜서
잔을 들어 술을 치며
여러 번 절한다. 그리고
향이 다 탈 때까지
전등 끈 어둠 속에서
마냥 기다리는 시간의
조금 열어둔 현관문 사이로
바람이 불어 촛불이 흔들리고
향 내음이 번지면 아버지가
방금 여기 들어와 앉았노라고
어머니와 누나가 이야기를
시작한다. 촛불은 고요로 가득히
향은 어두운 연기로 사위어
가면서도 오래도록 식은 채

꼿꼿이 혼자 일어서 있다.
차려진 젯밥들 한 뜸씩
덜어 사발에 넣고 열린
문께에 지방 태운 재와
함께 섞어 놓아두면서
아버지 잘 드시고 가시라
문 미처 닫지 않고 설핏
잠들었다 깬 식은 아침
숨죽어 변색된 바깥
음식들에는 눈곱보다 더 작은
초파리들이 먼저 와 있다.

제사

미처 얼지 않은

좁은 연못 수면 위에

한줌 유골처럼

떨어져내린 눈발들

중 몇몇은 끝끝내

호흡을 멈춘 채

녹음 없이 가라앉아

흐린 등불 아래

무릎 꿇은 그림자로

바닥까지 닿았다

환생

아버지 떠나신 후
어머니 홀로 남은 농장으로
어느 날 찾아온 새끼 고양이

살아 있는 것 함부로 거둘 수 없다고
몇 번을 쫓아내어도 다시 돌아온
조그맣고 하얀 얼룩 고양이를

어머니와 누나는 결국
맡아 키우기로 했다.
좁은 데 가둘 수는 없고
열린 창고에 둔 자동 급식기와
물그릇으로 음식을 내어주며

손바닥만 했던 연약한 고양이가
어떻게 맑은 웅덩이처럼 번져서
두 무릎이 넘치도록 자라나게 되는지
노랗고 연푸른 햇빛과 꿀을 담은 눈동자로
얼마나 오래도록 우리를 바라보다

너르게 사라져가는 느린 물결의
영영한 여운처럼 께느른히 외면하는지를

말이 없고 부드러웠던 아버지를 닮아
정말 영혼이 깃든 것인지 모르겠다며
어머니와 누나는 고양이를 서로
꼭 안아 쓰다듬어주었다.

나무 위에 함께 올라 개복숭아를 따고
땅콩을 캐면 옆에서 이랑을 파주기도 하면서
뛰는 메뚜기를 따라 폴짝거리다가
하루종일 먼산만 바라보고 돌아온 오후
찢겨진 새의 날개가 입에 물려 있는 날과
먹지도 않을 쥐를 잡아 우리 앞에
내어놓고 툭툭 굴리며 자랑하던 때

우리도 아버지가 뱉어놓은 고기를 씹고
잡초를 뽑아둔 땅을 헤집어놓으며
살고 자라고 머무르며 터를 마련해왔다.

이름을 부르고 말을 걸어도
무슨 생각을 하는지 알 수 없는
고양이의 대답만큼 한결같고 무표정했던

생전의 아버지가 가져온 많은 것을
먹어치우고 밟아 묻다가 마침내
아버지까지 흙으로 덮었다.

아버지가 생각날 때마다
어머니와 누나는 코를 맞댄 고양이에게
우리랑 오래오래 있자, 부탁하곤 했지만

누나가 아파 온 가족이 일주일 넘게
농장을 비워야 했던 겨울
고양이는 떠났다.

혹시나 하여 먹이를 갈아주고
솜 넣은 새 집을 만들어 기다리면서
회복기의 누나가 벌겋게 언 얼굴로
농장 주변을 맴돌며 불러보아도

고양이는 아무런 기척도 예감도 없이
공기 속을 맴돌다 흩어지는 삭은 입김처럼
가만히 이곳을 버렸다.

다시 태어나도 나랑 결혼해줄 거요?
마약성 진통제에 취한 아버지의 머리맡에서

어머니가 속삭였을 때 우리 모두
고개가 끄덕이는 걸 본 것 같았다.

느리게 깜박이던 눈꺼풀을 닫은 고양이가
머리를 가누고 한없는 긴 잠에 빠져들듯이
아버지는 좀처럼 되돌아오려 하지 않았다.

앉아 기다려 옳지 잘했어

비좁고 깜깜한 방바닥에
차갑게 웅크리고 있으면
이따금 불행이 불을 켜고
안으로 들어와 손을 내민다.

내가 시키는 대로 해
그가 기뻐하는 순간이
이곳에서의 가장 커다란
특권이자 행복

밀실에 갇힌 칠흑과 냉기로부터
목줄 찬 공포와 함께 불안은
허기를 달래기 위해 내어주는
달콤한 포상임을 모른 척하면서

펼친 손안이 텅 비어 있을 때조차
저절로 흐르는 침에 스스로 원치 않는데도
꼬리를 일으켜 흔드는 조급함은 이다음
어둠을 더욱 견디고 심지어 기대하게 만든다.

보리밟기

등을 밟아달라는 부탁에
엎드려 있는 아버지의 뒤에 오르는
아이는 가볍다.
구름 같지만 아직은 흩어지지도
쏟아져내리지도 않을
묵직함이 아버지는 기껍다.

모두가 겨울을 견디는 시간이 오고
아버지의 굳은 척추를 따라
아이가 쓰러지지 않기 위한
놀이라 여기며 밟는 자리마다
공기와 수분이 차올라
언젠가 이 모든 장난과 기별들도
지나간 풍속처럼 웃자라거나
사라져버릴 것이다.

하지만 아이는 아직 가볍고
발걸음은 심각하지 않다.
겨울은 다 지나가지 않았고

아버지는 언 땅처럼 단단하며
피는 여전히 잘 돌아
서로가 새파란 새싹 같은 시간 속에
잠겨 있는 동안의 그들은
아무런 비애도 가져보지 않는다.

잔광

눈 그친 한산한 겨울
듬성한 오후의 버스 안
맨 뒷자리에 앉아

희박한 햇살 사이로
조물조물 부유하는 새하얀
숨결 같은 단 하나의
오리털을 향해

내가 더이상 손 뻗어
아는 척하지 않고서
누구의 가슴에서 비어진
입김인지 궁금해하지 않을 때

잘못된 계절 속에서
모두가 어쩔 줄 몰라도
어떻게든 살아가기 위해
벌벌 떨고 있는 살얼음들같이

진창을 느리게 덜컹대며 지나는
버스의 살가운 망설임만으로도
온기는 끄덕끄덕 제 몸을 스스로 일으켜
세운 채 이곳에 영원히 떠 있어

폭설과 눈보라 속에서조차
언 땅을 스치다 길을 잃어 다시금
떠오르고 마는 밝고 유일한 눈송이를
내가 알고 있듯이

그것이 녹아 사라지지
않도록 눈을 감으면
나는 이미 여기에 없고

몰래 실눈을 떠보면 뒤통수만 보이는
자꾸 떠나려 하는 사람들의
익숙한 낯섦으로부터

눈부시게 기울어진 빛과
내가 완벽히 혼자라는
분명한 투명함이 거벼워

종착지를 모르더라도

삶은 어디로든 훌쩍
날아갈 수 있다는 듯이
흔들리면서 춤을 추면서

쌓인 눈 위에 조그만
겨울새의 발자국 그 위에
또다시 덮이는 깨끗한
새 눈발들의 다짐처럼

정말로 존재하지 않아도
시리도록 어지러이
살아질 수 있다는 듯이

3부
봄

호박

아버지는 줄광대였다.

초록의 비단옷을 입은 아버지가
홀로 앞서거니 뒤서거니
우왕좌왕 걸어가는 공중에서
단 하나의 줄만 따라가더라도
자꾸만 길을 잃은 것만 같았던 눈부신 봄빛
갈 곳을 모르고도 한참을 웃는 것만 같았던
흐드러지는 햇살

고향 바닷가에 도착해
신발 벗고 들어가는 마지막 사람이 되어서
파도에 출렁이는 얇은 물때 위로 성큼
맨발 들어 올라서면
해안선을 지우는 포말처럼
수평선을 가리는 구름처럼

노란 부채 활짝 펼치고
찰박찰박 어깨춤을 추면서

뒤로 넘어간다 싶을 때에
펑퍼짐한 엉덩이로부터 무너질 듯
주저앉으며 차올라 솟구치는
동그란 허공

아버지도 한때
휘청거리는 바람에도 쓰러지지 않는
터질 만큼 타오르는 꽃과 폭죽이었음을

이제 아버지 아래 드리웠던
줄은 다 끊어졌는데
우리의 삶을 지루해하던
술 취한 객석마저 텅텅 비었는데

아무런 발자국 남기지 않는 얼어붙은
해안가 모래밭에서부터도 한참 높은 곳에서
아버지는 보이지 않는 끈으로
목을 칭칭 감아 새파랗게 질린 채 부풀어오른
창백한 달빛이 되어

영영 이곳으론
내려오지 않겠다고 하신다.

봄에
아버지가 텃밭 구석에 심었다가
미처 거두지 못하고 돌아가신 겨울까지

제멋대로 뻗어나갔지만
집 앞 철망조차 넘지 못한 채
그 자리에 스스로를 묶어놓아
땅에서 그리 멀지도 않은 허방에
제 몸 띄운 그대로 얼었다가
물이 차 썩어버린 그

줄광대가 아버지였다.

만화경

내 마음처럼 서툰

비좁고 까만 텃밭에

너를 위해서

양파 하나 키우는 일

움츠린 동공만큼 깨진 빛깔만큼

작고 눈먼 새까만 씨앗들을

흩뿌려 심고 부디 하나만이라도

싹이 트길 바라게 되는 일

새까만 흙을 덮고

새까만 비바람을 맞히고

새까맣게 썩은 오물도

같이 묻어주는 일

미련을 꼭꼭 다져

더럽히는 듯해도 그게

다 거짓인 건 아니야

정말 숨기려 하는 게 아니야

너에게 연하고 새파란 핏줄과
속살만큼 싱그러운 줄기를 보여주고 싶고
그것이 건강하게 자라길 원해서
하지만 이 전부를 미리 알린다면

운이 다할지 몰라
속상하게 될지 몰라
비밀처럼 말없이 더 많이
기다리기만 하는 일

언젠가 나의 수줍고 가물은
까만 텃밭 같은 가슴에서
아삭하고 유일한 양파를
수확할 수 있을지

양파는 까만 씨앗과는 다르게
하얀 표정이 눈부시지 않고
비겁한 생각의 날카로운 조각들도 아니도록
까도 까도 겉과 속이 똑같아

돌고 도는 수많은 대칭의
투명한 결음들에 둘러싸인

서로를 그림자와 아주
구별하지 못하고 마는 일

함께 거울을 들여다보아도 따가우리만치
길고 퍼런 울음이 차오른 낮은 곳으로부터
새하얀 별 같은 꽃들이 피었다가 그대로
소름처럼 무수히 저물어 흩어진 뒤

단 하나의 양파조차
구석진 어둔 이랑에서 파내어
너에게 건넬 수 없이
아무런 다짐도 이루지 못한 채

우리가 각자를 비추며
일그러진 수천 가지 금간
뒷모습을 감춘 맵고 새까만
눈물들로 주저앉는 일

영정

아버지가 입원하기 직전 농장에 심었던
접목 이 년 차 단감나무 묘목 세 주는
그해 겨울을 넘기지 못하고 모두 얼었다.

복강에 물이 차 아무것도 먹을 수 없었던
아버지의 곯은 뺨 위 주름살처럼 앙상한
나무들의 그루터기를 아직 베지 않았다.

단단하지만 수월히 열리는 끄나풀로 묶어
아버지가 삶을 정리하듯 접고 포개둔
자투리 비닐과 종이 포대들이 한켠에 쌓였다.

봄에 쓰기 위해 더미 속을 헤쳐보다가
아버지의 손결과 느슨한 기억들마저
가무러질까 차마 묶음을 풀지 못했다.

날이 풀리면 함께 덧대기로 했던
비닐하우스 구멍은 메워지지 않았고
녹슨 양철 굴뚝은 기울어 무너져내렸다.

미리 배워두지 못한 아버지의
매듭 같은 이해할 수 없는 쉬운 소리로
새들이 지척에서 지저귀고 있었다.

눈부신 빛과 따스한 기온에
다짐 같은 새순들은 꼼꼼한 악력으로 움킨
순한 색깔들을 디밀었다.

죽은 단감나무들만 가벼워 보였다. 부러지지 않은
야윈 가지들이 메마른 핏줄로 번졌다가 멈춘
창연한 하늘은 희미한 웃음으로 갈라져 있었다.

봄

얼굴에 햇살이 비치고
두꺼운 렌즈에 고이는 빛과 먼지를
닦아내기 위하여 그가 늘상
쓰고 있는 근시용 안경을 벗자
처음으로 마주하게 되는
크고 깊은 눈동자의 그늘과
오래된 피로처럼 억제된 붉은
코걸이 자국 스민 창백한 낯색

문득 시선을 눈치채고서
초점 맞지 않는 눈을 다시
가늘게 찌푸리며 이곳을 향해
눈부심과 구별되지 않도록
싱긋 표정을 보여줄 때

제 몫으로 부여된 보드라운
그림자를 잠시 놓아두고
한 걸음 옆으로 비켜나
최소한의 자신보다 간결한

스스로가 되어 있는 드물게
자세하고 무심한 순간에 공기
광선 소리 냄새 그리고

말갛고 깨끗해진 안경을
고쳐 쓴 그가 고개 들어
조금 더 바라보는 먼 곳

무표정

나이가 드니 봄이 애틋하거나
마음이 동하거나 하는 것은 아닌데
새 계절을 맞는 풀과 나무는 더 좋아진다.

잎보다 꽃이 먼저 피는 나무도 좋고
꽃보다 잎이 먼저 나는 풀도 좋지만

절정으로 활짝 열린 푸른 오색의 잎과 꽃들보다
미처 다 물오르지 않은 몽글어진 망울로서의
연두와 희붐한 빛깔로 이뤄진 가능성들을
그저 바라보고 있는 때를 더 좋아하게 된다.

아버지가 물려준 구식 필름 카메라로
인도 틈새에 아직 덜 핀 이름 모를 풀꽃 하나를
무릎 꿇고 엎드려 사진 찍고 있노라니

마스크 쓴 익명의 아주머니
표정을 보여주지 않는 채로도
분홍빛 꽃 같은 산책복 입고 지나가며

거기 뭐 있수 물어서
그냥 잡초예요 대답하고 말지만

나는 여전히 잡놈으로 살고
그것이 아주 부끄럽진 않아도
나이들어 점점 더
허리와 고개를 웅크리고 곧추기가
힘들어지는 문제로
생글생글한 봄의 잎과 꽃들에게
열없고 머쓱해지는 순간이 있어

올망졸망한 주먹들을 움켜쥔 채
복수의 시간을 기다리고 있는 듯한
낮은 곳의 작은 것들만 좋아하다가
결국 이 빛도 다 저물 터인데
사람들도 스마트폰에 얼굴을 파묻고
진즉 이곳을 떠나갔는데

나는 더이상 달뜨지도 아프지도
않는 봄과 함께 바닥에서부터
좀처럼 몸을 일으키지 않아도 되는

웃음 짓지 않더라도

스스로 기뻐하는 법을 아는
나이가 되었다.

파종

녹슨 대가리밖에 안 남아
버려진 쓸데 잃은 못 한쪽의
조붓한 머릿속에도 새록거리는
생각과 기분이 한가득 깃들어 있다.

때려박아줄 아픔도 망설임도
상관없이 땅 깊은 어둠 끝까지
드리운 발로 단단히 키운 몸통 짚어
저 홀로 드높은 나무가 되는 꿈

버드나무

밤낮이 바뀌도록
혼곤한 마취약에 의지해
입원한 아버지와 함께
수술 날짜 겨우 받아
며칠을 병실 보호자
간이 침대에서 보내던 어느

한밤중 점점 말도
입맛도 잊어가던 아버지가
간신히 몸을 움직여
아래에 웅크려 있는
내게 팔을 드리우고
흐트러진 이불을 개켜
맨살을 덮어주던 때

살갗에 닿던
서늘하고 따가운
손끝의 감촉과
내가 잠든 척

아무 기색 내지 않고
돌아누워 있었던
그 어둠이
마지막이었다.

이제 아버지 묻히고도
돌아든 몇 번의 계절이 지난
새봄에 나는 빛나는
아버지의 물가로 나간다.

겨우내 얼어 있던 강과
실금처럼 메말랐던 가지에도
체온이 차올라 맑은
피가 녹아 흐르고
연한 잎과 구별할 수 없는
성급한 꽃들 먼저 맺히자

아버지는 유연하고 고요한
어깨와 팔꿈치를 굽혀 내리고
수면에 손가락 담가 낮은 곳을
가만히 어루만져준다.

또다시 떠나려는 강물 위로

소름처럼 돋아나는 동심원들을
좋은 선잠에 잠시 들게 하고
거기에서부터 다시금
태어날 수 있도록
따스하고 아린 물결을
환하게 정리하는 동안

홑청처럼 말간
투명에 비끼어
또박또박 반짝이는
눈부신 햇살

매미 껍질

지난 가을 떨어졌을
낙엽 하나를 올봄에 줍다.

잎몸이 삭고 썩고 귀퉁이가 찢겼으나
톱니 닳은 테두리와 살 발린 잎맥이
투명하게 잘 말라 실금 많은 돋보기처럼
잎자루를 쥐고 하늘에도 바람에도 대어보면
모인 햇살이 이렇게나 맑아
낙엽은 선연한 그물, 멀리
세상을 부드럽게 가둔다.

무딘 발톱을 세우고
바닥을 설설 기면서
나는 내일도 살아 있겠지
또다른 체온과 그림자가 당도해
오랜 시간이 지난 당신이
이 엽서를 읽은 다음날에도
나는 계속 살아갈 것이다.

부활

열 살 무렵 개나리
그늘 아래 나란히

사십대 아버지와
찍은 사진을 보면

중년이 된 지금의 나는
사진 속 어린 나보다
그 시절 아버지를 더 닮았다.

이제 아버지 안 계시고도
나는 곧 아버지가 되는데

또 한 십 년, 몇십 년
훌쩍 지나고 자라나는 동안

나는 여러 번, 거듭해 몇 번씩이나
여기 없는 조그만 아버지만큼
키 작은 개나리 곁에서

똑같이 노란 옛날의 빛과 함께
사진을 남길 기회와 여러 가지
미래가 있다는 생각에

그리고 그때가 되면
나는 누구와 같을지
우리는 정말로 닮을지

비로소 다시금 태어나
갑자기 꽃샘처럼 무서워져
울음을 터뜨리기도 하고

나는 더이상
아무것도 믿지 않지만

아버지는 지금 저
꽃 안에서 웃고 있다.

옆에서 덜 핀
나도 그렇다.

산수유

한적하고 쇠락한 아파트 앞
작은 화단 곁에서
겨우내 눈을 맞아 메말라버린
산수유 열매 몇 개를 줍는다.
이 또한 지난 가을에는
붉고 살 오른 보석처럼
아름다운 것이었으리
이제 나무에는 새봄의 샛노란
꽃들이 만개해 미처 떨어지지 않은
옛 열매들과 함께 머문다.

나는 산수유와 비슷하게 생긴
생강나무의 특징과 차이를
그에게 알려준다. 그리고
열매 두엇을 선물해준다.
이미 죽은 것은 두 번 다시 죽지 않는다.
평생이란 그런 것이지
우리의 열망도 그럴 것이다.

잘못된 것 틀린 것들만 따지고
교정해가며 아옹다옹하다가 통째로
헷갈려버린 어수룩한 시간으로부터
제각각 구별할 수 없이 향기로운
꽃이 피기도 하였을 서로의 나무에
우리가 기대 서 있었던 적도 있었으리라
하지만 그는 내가 건넨
먹을 수도 없고 싹트지도 못할
열매들을 간직하지 않을 것이다.

아스팔트 위로 내려앉은
무수한 작년의 꽃들이
내 마음에 흐드러질 때에도
그가 없는 비좁은 골목
노인들의 아파트촌 근처
닮은 줄 알았던 것들이
다만 닳고 다를 뿐이었음을
일러주기 위하여 스스로 헐벗었다
다시금 부풀어오르는
눈부신 산수유 아래서

나는 아직 돋지 않아
낮고 어두운 잎 그늘보다도 작은

핏방울만큼 야윈 씨앗을

부드러운 봄빛과 함께

그 안에 들이고

잠시 쉬어가게 할 수가 있다.

태아처럼

아버지 돌아가시고도 오랫동안
우리는 아버지가 즐겨 머무시던
낡은 나무의자를 창가에서
치우지 못한다.

어떻게 아버지가 그 의자에
마지막으로 앉아 있었는지
기억나지는 않는다.

아버지는 어느 순간 서 있지 못했고
언제부턴가 앉을 수 없었고
마침내 숨이 가빠 등을 웅크려
엎드리거나 가로눕지 않는다면
침대에서조차 자세를 가누지 못해
자꾸만 바닥으로 내려와
가슴을 구부려야 했다.

아버지 떠나가신 날들이 지나고
나서도 여전히 볕과 바람이 찾아와

맑은 어느 오후 우리는
그날의 창으로 다가가
아버지 대신 의자에 내려온
햇살에 손을 대어 인사하고
신중히 머리와 어깨를 짚어
아버지가 가장 편안해하던 모습으로
결과 표면이 닳아 반들거리는
의자를 옆으로 뉘어준다.

무릎을 심장께에 맞대고
가만히 호흡하는 숨결에서
낮고 청결한 나무 내음이 전해지면
시간은 미처 존재하지 않는
물질처럼 투명하게
오므린 몸과 살갗으로
거기에 와 있다.

무척 작고 깨끗한 기척이 되어
잠들어 있는 그늘에 기대서서
우리는 아주 먼 옛날의
처음 우리를 바라보던 아버지처럼
다시 태어날 것만 같은
환한 빛으로 가득히

울음을
터뜨린다.

가로등

늦은 밤 어둑한 산책길
근린공원 아스팔트 공터
한가운데에서 웅크리고 있는
주먹만한 두꺼비를 보았다.

반갑고 아름답고 기꺼운
두꺼비가 혹여나 밟힐까봐
뒤꽁무니에 발을 굴러가며
가장자리 풀밭으로 몰아내는 동안

두꺼비는 네 발로 엉금엉금 길 뿐
뒷다리로도 뛰려 하지 않았다.
무표정한 얼굴을 바꾸지 않고
서툰 걸음의 속도를 서두르지 않고

마침내 딱딱한 포장 보도를 벗어나
젖은 흙땅으로 되돌아갈 때까지
가만히 두꺼비의 뒤를 지켜보아주었다.
그것이 게으른 사랑이라 믿으며

어두운 독 같은 도시 안에서
똑같이 둔탁한 욕망 아래서
이렇게 느리게 지나가는 흐릿함이
정말 사랑인지 두려워하면서

4부
여름

뻐꾸기 소리

아버지는 운다

내가 여기 있다고
보이지 않는다 하여도
근방이라고

곧 너희를
버릴 거라고

항생제

가로등을 타고 오른 칡이
불을 완전히 가리고
물큰한 보라색 꽃을 툭툭
점자처럼 떨구는 여름밤

내겐 어째서 이 무성한
어둠의 열기가 더 좋은가
왜 성급한 인적과 소리 끊긴
환한 공포가 더 향기로운지

칡은 가로등을 넘어
조금 더 높이 닿은 곳에서
짙은 넝쿨과 긴 발톱으로
빛을 덮어 끌 것이며

나는 함께 가던 이의
손을 놓고 눈을 막은 채
그림자보다 조금 더 멀리
걸어 예감 없이 이르리라

개기 일식

나란히 걸어가는
아버지와 아들의
뒷모습을 바라본다.

맞잡은 손을 풀었다 되잡고
다시금 놓치기도 하며 비스듬한
타원 궤도와 일정하지 않은 공전
주기에도 서로 아주 멀리
떨어지려 하지 않는다.

아이는 스스로 빙글빙글
춤추기도 한다.

아버지가 교교히 그 자리에
멈춰 쭈그려앉으며
자신의 위상을 그믐으로
줄였다가 두 팔 벌려
만월이 되기도 할 때

아이가 그 품으로
와락 달려든다.

아버지 가슴에 감싸안긴
아이는 이제 완전히 가려
보이지 않지만

그럼에도 다 숨기지 못한
이글거리는 금환은 눈이 부시고
금세 꼬물대기 시작하는
따스한 척력은 곧 커다란
밀물과 파도로 부풀어오를 것이다.

아버지 등뒤는
여전히 식은 역광

아이는 감춰진 채로도
그림자를 반짝반짝
불태우고 있다.

모래시계

글을 쓰고 있던 연필 위로
작고 어두운 개미 한 마리가
흑심을 거슬러올라왔다.

앞을 망설이는 개미를 위해
나는 연필의 기울기를 들어올려
반대쪽으로 기어가게 만든다.

개미가 신중히 바닥을 짚으면서
다른 끝에 다다르면 다시 뒤집어
처음으로 되돌아가게 해준다.

존재하지 않는 투명한 유리 벽에 갇혀
저절로 흔들리는 허술한 공중그네 위에서
어떻게 바깥으로 뛰어내릴 수 있는지 궁리하는 동안

사무친 시간이 새까맣게 굳어 있는 장면으로부터
개미는 바랜 수은주가 오르내리듯 가루로 흩어지는
열린 과거와 막다른 미래 사이를 더듬어 나아가고

이제 나는 이것을 영원히 왕복할 수 있다.
개미는 읽어낼 수 없는 필적처럼 여기가
어디인지조차 알아채지 못하리라

수세미

아버지는 하루 신은 양말이

더럽지 않을 땐

다음날 한번 더 신었다.

어머니는 그것이 못 내켜 타박했지만

아버지가 오후에 벗어둔 양말을

방문 앞에 겹쳐놓고 잠든 밤

오줌 누러 일어났다 언뜻

열어본 안방에선 두 분이

헐거운 양말처럼 포개져 고요하고

나는 괜스레 침침하리만치

목 깊고 품이 너른 양말에

발을 넣어보고 싶어질 때가 있었다.

내 것이 아닌데도 부드럽고 익숙해

무슨 잘못을 저지른 것도 아닌데

죄책감을 고백한 것 같은

또렷하지만 성긴 침묵의 안쪽에서
발가락을 꼼지락거리면 그것이
닫힌 문 뒤에서 들려오는 고른 숨소리처럼

따스하게 번져와 나는 내 나이보다
더 오래전부터 태어나 있으면서
아직 버림받지 않은 유물인 듯했다.

내일이면 찢겨 사라지더라도
올바르고 총총히 자은 실로 엮은
거미집 같은 어둠 속에서

달콤하고 비린 짐승의 누린내는
아버지가 내 정수리와 어머니의
가슴께에서 맡았을 향기, 그리고

갓 벗긴 종아리 같은 육질을
빨고 널어 말릴 때
꼼꼼하고 까슬한 햇살의 내음

하지만 한두 번 쓰고 나서 물기 짜고 나면
눅눅하고 후줄근해져 버려야 했던 것을

우리가 너무 오래도록 망설이는 동안

어지럽고 텅 빈 각반에 갇힌
퍼런 정맥 돋은 아버지의 야윈 다리는
점점 휘어져 굳어만 가고

무릎까지 진창에 빠진 채로
허우적거리다가 겨우 발을 빼고 나면
훌러덩 드러난 맨살 위 고무줄 테두리 자국

그것이 오래도록 내 기억 속에 남아 있다.
이마에 찍힌 바코드처럼
거미줄에 둘둘 말려 형체를 잃은 날벌레처럼

순환계

응급실로 들어갔던 누나를 휠체어에 앉혀
퇴원시키며 느리게 돌아가는 자동 회전문의
망설이는 주기에 맞춰 그 속으로 밀려갔다가
서서히 움직여 빠져나오면서 되감긴 화면처럼
활짝 열리는 순간 병원 밖은 어느새 여름
달라진 시간과 공기와 햇살 아래 누나가 말없이
큰 숨을 들이쉬고 내쉴 때 여전히 우리 뒤로는
미묘하게 덜컥대는 각자의 심장이 두근거리듯
건드리면 잠시 멈추기도 하는 자동문 앞에서
잔걸음으로 줄 서 기다리는 피톨 같은 사람들이
번갈아 안에 갇혀 사라졌다 되돌아 나오는 동안
좁은 무릎 덮은 담요를 개켜 먼 정면을 응시하는
누나의 상기된 볼과 호젓한 귀 둘레를 따라
차분히 묶인 뒷머리를 곁에서 오래 지켜보며
나도 함께 호흡해 힘껏 휠체어를 민다
그치지 않도록 끊임없이 살아가기 위하여

수확

한참만에 돌아와 본
텃밭가와 이랑 사이
수북이 자라난 잡초들
그중에 눈부시게 새파란
달개비가 한가득 번져 있다.

아버지가 살아계셨더라면
이 꽃들이 다 피지 않도록
미리 뽑아놓았을 것이다.

하지만 달개비의 파랑은 다른
모든 파랑보다 내가 가장 사랑하는 빛

아버지와 함께 김을 매는 동안
망설이는 내가 일부러 남겨둔 이슬 묻은 자국을
아버지도 모른 척 지나쳐준 반짝임의 후예들

이제 낮은 바닥에 내려앉은
비좁은 하늘들이 지천으로 열리고

나는 퇴색된 텅 빈 너머로도

빽빽한 발아래로도 함부로

시선을 넘기지 못하는데

올해엔 이곳에서 아무것도 거두지 않기로

약속한다면 이 색깔들, 전부 바랜

시간과 씨앗으로 바꿀 수 있는지

당신이 여전히 여기 있다는 걸 압니다.

그래도 당신이 여기에 있었으면 좋겠어요

빛

저물어가는 창가에서
옛날 음반 하나 걸어놓고

채광만으로 책을 읽다가
어둠이 내렸다.

열어두었던 창을 닫고
전등도 켜지 않으면

독서는 이제 무릎 위에 올려놓은
새까맣고 희박한 중력에 불과하다.

곁에는 음악뿐
클린 톤으로 이어지는 기타 간주가 짙어

읽을 수도 없는 책장을
굳이 손끝으로 더듬어가며

기타처럼 말할 수 있었다면

좋겠다고 생각하다가

그럴 수 없으니까 기타가
발명되었겠지 생각한다.

말처럼 할 수 없는 것은
무엇이었기에 말이 발명되었을까

가사도 없는 연주는 끝나려 하지 않는데
눈을 감아도 보이는 열기처럼

떠오르며 글썽이는 무언가를
말할 수 없을 때에조차

느린 품성으로 다가와
뒤척이는 간절한 가벼움의 안착

가슴께에 내려앉은 검은 새가
발톱으로 심장을 느슨히 쥔다.

가지꽃

아버지 마지막에
시퍼런 핏줄도 메말라
보랏빛 입술을 떨구고
묵음만큼 남겨둔
얇고 탈색된 똥

어머니는 여름 내내
홀로 밭에 나가
산새처럼 운다
닦아내지 못할 낮은
허공들을 꺾을 수도 없이

무더위

늦여름 매미들
헛헛한 뱃속에
압력솥 걸어두고
햇밥을 짓는다.

온종일 제 몸을
기울여 비운 채
땀 한 톨 안 흘리고
푹푹 쪄 울린다.

허물에는 없는
날개 같은 것들과
꿈에만 있는
잃어버린 이름들

희부연 입김이
이마에 맴돌아
긴 뜸을 들여도
하루는 멀리 있다.

압력솥

중환자실에서 퇴원한 아버지를
해가 비치는 거실 소파에 누이고
얇은 홑이불만 덮어주었는데도
아버지는 그것이 너무 무겁다며
힘겹게 발아래로 밀어내었다.

그러곤 바닥으로 내려와
웅크린 채로 깊고 느린 기식을
좀처럼 가다듬지 못하다가
천천히 장난치듯
뜬눈으로 숨을 그쳤다.

아버지가 무척 어리고
작고 깨끗해 보여서
미소가 지어질 뻔했다.
나는 아버지와 보듬어 시선을
맞추고 영원처럼 있었다.

전화를 받은 구급대원은

구급차가 도착할 때까지
두 손을 겹쳐 일정한 박자로
가슴을 힘껏 압박해야 한다며
숫자를 세어주었다.

가슴뼈를 으스러뜨린 것 같아
나는 울부짖었다. 그래도 계속
해야만 한다는 목소리가 들렸다.
이마에서 맥박 같은 땀이 흘러내려
아버지 얼굴로 뚝뚝 떨어져 닿았다.

초인종, 주황 제복, 흉곽이
완전히 함몰된 아버지의 형상과
바닥에 널브러진 에피네프린 바이알 조각들
그 모습을 끝으로 깨진 아버지는 여태
텅 빈 집에 영 돌아오지 않는데

빛 바랜 투명의 매미 껍질들이
바스러진 가슴을 갈라 죽고 나서도
발톱 걸어 매달린 나무 너머에서
칙칙거리던 외침들을 일제히 멈춰
가득찬 호흡을 멎어 세운 순간

저물녘 쌀 씻고 손을 담가
손등과 손마디 사이로
물금을 맞출 때 펼친 손바닥 아래
뽀드득 뭉개지는 차가운 심장에
손자국만큼 옴폭 들어간 거친 저녁 숨소리와

입 막힌 흐느낌이 손샅으로 새어 흘러
떠오르는 피톨 섞인 쌀뜨물에
흐려진 하늘을 휘휘 저어 흩트리면
이윽고 소나기 쏟아져내리는
파편 뛰는 묵음

0부

사랑

오랫동안 나는 아무도 내가
연기를 하는지 눈치채지 못할 만큼
노련하고 능숙한 배우로 살았다.

어느 날 나는 내 행동이
전부 연기일 뿐이라는 사실을
간파한 사람을 만났다.

그와 시선이 마주친 이후
나는 어색한 대사만 더듬거리거나
서툰 몸짓으로 망설이며 외면하다

그 누구의 앞에서라도
영원히 연기할 수 없는
평범한 불구가 되었다.

채길우의 편지

갓 태어난 아기는 말을 하지 못해 부모와 살 맞대고 하루 종일을 보냅니다. 그러다 말을 배우기 시작하면서 점차 가족들과 멀어져갈 테지요. 말은 이별하기 위한 도구입니다. 말은 각자 아주 멀리 떨어진 채로도 괜찮다고 자신과 상대를 안심시키기 위한 속임수입니다. 그렇게 시나브로 멀어져 아무도 보이지 않게 되면 그 외로움과 고독을 즐기는 척 도도하게 저 홀로 시를 발명하게 될 테지만 그것은 결국 아무 말 없이 다시 돌아와 서로의 근방에서 손을 꼭 잡거나 가득 껴안고서 고요하고도 온전하게 정말 함께 여기 머무는 일보다 못합니다.

아버지 마지막 나날들에 서서히 사그라들어 쉽고 당연했던 것들 하나둘 버려가는 동안 걸음을 잃고 정신과 눈빛을 놓치고 곡기를 끊다가 이윽고 말마저 버리게 되었을 때 두렵고 아프고 무섭고 슬프면서도 그토록 따스했던 이유는 그 무렵만큼 아버지와 가까웠던 적이 없었기 때문일 겁니다. 좀처럼 말이 없어 아무것도 이해할 수 없었지만 그럼에도 햇살처럼 나긋하고 바람처럼 맑은 기운이 돌던 순간들을 저는 잊지 못합니다. 그때가 아니었다면 닿을 수 없었을 아버지의 오래된 피부와 구겨진 구석과 텅 빈 마음의 조각들을 매만지며 저는 기껍도록 이상하게도 기분이 좋았습니다.

이제 아버지 떠나시고도 하염없는 시간이 지났음에도 그 부드럽고 완연했던 적막한 기척 때문에 아버지와 정녕 헤어졌다는 느낌조차 들지 않습니다. 세수를 마친 거울로부터 모퉁이를 도는 버스 차창에 비친 느리게 횡단보도를 건너는 노인의 낡은 그림자 안과 조그만 아이의 하품 속 그리고 그 외의 모든 곳에서 아버지를 떠올릴 수 있다는 생각과 비로소 아버지가 어디에나 있다는 확신으로 저는 길을 걷다가도 문득 고개를 떨구고 빈 구름처럼 울음을 터뜨리게 됩니다. 아버지, 잘 계시지요? 너무 가까워서 혹여나 지나쳐버린 건 아닌지 불현듯 뒤돌아보면 멈춰진 찰나 그토록 아름다운 이곳엔 여전히 참 많은 것이 살아만 있어 도무지 다 진짜라고는 믿어지지 않는데 저는 아직도 잘난 척 아무 상관 없는 척 시나 쓰며 껍질뿐인 얼굴로 온 하루와 네 계절을 모두 보내고 말았습니다.

아버지, 잘 지내시나요?

Upright

Translated by Stine An

Upright

1

Father—

he removed

the training wheels

himself from my first bike.

Don't let go—

when I looked back, afraid

there he was holding onto the rack

his smile radiating out like the spokes of a wheel

as I pressed down on the pedals

soft and gentle like father's knees

the slowly turning faces of the wheels

becoming blurred into a speed

erasing Father's ragged breaths

his lagging footsteps

afraid of falling

I didn't look back

Don't let go—

Don't let go—

when there was no answer

I looked back at last, but by then

I had already come too far on my own.

2

Father takes each hand of the still-crawling-child

into his own hands, helps the child stand upright.

And from just a short distance ahead

slowly, he loosens his grip.

Father's arms wide open, his height lowered

in waiting, the child totters a few steps

toward him like a bike tumbling, ringing

into father's embrace—when they both burst

into laughter, this round joy ballooning

into uneasiness for what will be left behind

reminds me of those training wheels

removed from childhood.

The more we lean, we hurtle faster, bound together

with this chain spinning, wound up in our bloodline

the child will learn to speak

Father's back is already bent

like a dented bike basket.

And on everything the metal chain touches

a dark and oily stain will remain

A metal frame lying on its side, rusted

and withered Father — at their edges

spinning endlessly in vain

the wheels refuse to go backward

and beneath growing ever longer

the shadows refuse to go away

Father — holds the small body like a bike saddle

gripping under the arms like brakes

lifts the child into the sky

their eyes dazzling.

스틴 안(Stine An)

뉴욕을 기반으로 활동하는 시인이자 문학 번역가, 퍼포머이
다. 한국어와 영어 사이를 넘나들며 이주의 시학, 실험적 번
역, 가상 퍼포먼스를 주제로 작업하고 있다. 시와 번역 작품
은 다양한 영문 문학 저널과 매체에 소개되었으며, 미국 국
립예술기금(National Endowment for the Arts), 대산문화재단
(The Daesan Foundation)과 더 포에트리 프로젝트(The Poetry
Project)로부터 펠로우십과 지원금을 받았다. 하버드 대학에서
비교문학을 공부하고, 브라운 대학교에서 시 창작으로 문학 석
사(MFA) 학위를 받았다. 유희경의 『오늘 아침 단어』(Today's
Morning Vocabulary)와 『겨울밤 토끼 걱정』(Winter Night Rabbit
Worries), 이적의 『기다릴게, 기다려 줘』(Comet&Star) 등을 영
어로 옮겼다. 첫 영문 시집 『B-Dragon Suite』(비드래곤 스위
트)는 2023년 나이트보트 시문학상(Nightboat Poetry Prize)을
수상했으며 2026년 가을 출간 예정이다.

난다시편 007

아버지를 업고

ⓒ 채길우 2026

1판 1쇄 인쇄 2026년 2월 13일   1판 1쇄 발행 2026년 2월 27일

지은이 채길우
펴낸이 김민정
책임편집 유성원
편집 정가현 민윤지 정수범
디자인 퍼머넌트 잉크
저작권 박지영 형소진 주은수 오서영 조경은
마케팅 정민호 박치우 한민아 이민경 박진희 황승현 김경언
브랜딩 함유지 박민재 이송이 박다솔 조다현 김하연 이준희
제작 강신은 김동욱 이순호
제작처 천광인쇄사

펴낸곳 (주)난다
출판등록 2016년 8월 25일
제406-2016-000108호
주소 10881 경기도 파주시 회동길 210
저작권 및 독자문의 copyright_nanda@munhak.com
작가섭외 및 행사문의 innanda@munhak.com
페이스북 @nandaisart   **엑스** @wingedpoems
인스타그램 @nandaisart
문의전화 031-955-8865(편집) 031-955-2689(마케팅) 031-955-8855(팩스)

ISBN 979-11-24065-33-4 03810